Siggi Selector

Notlandungen im Bett

Aufriss der Story

Siggi erobert Jessica auf einer Party.
Aber bevor sie mit ihm nach Hause geht, muss
ihre Schwester Paulina auch einen Mann finden.
Flotter Dreier geht nicht, das wäre Inzest.

Also macht die hübsche Paulina einen Typ an.
Der ist leider nicht nur schwul sondern
stockschwul und kein bisschen bisexuell.
Siggi beleidigt den Schwulen als Schlappschwanz,
der bei Frauen keinen hochkriegt und
muss sofort einen echten Mann für Paulina finden,
sonst geht Jessica nicht mit ihm nach Hause.

Wie Siggi Selector den Schwestern aus der Not half.
Und:
Nicht nur einmal.

Zwei Schwestern und ein Notfall

Impressum

Titel:

Zwei Schwestern und ein Notfall

Caramba, ein Samba brutal

Autor:

Siggi Selector © 2020

www.instagram.com/siggi.selector
www.facebook.com/siggi.selector
www.twitter.com/SiggiSelector

Fotos:

© Vasiliy Koval | Dreamstime.com

Bibliografische Information der Deutschen Nationalbibliothek:
Die Deutsche Nationalbibliothek verzeichnet diese Publikation in der
Deutschen Nationalbibliografie; detaillierte bibliografische Daten sind
im Internet über http://dnb.d-nb.de abrufbar.

Herstellung und Verlag:

BoD-Books on Demand, Norderstedt

ISBN: 9783751907811

Inhalt

Zwei Schwestern in Not
Jessica, Paulina und die Nothelfer

Die Lust auf Abenteuer endet nie

Wiedersehen mit Jessica

Es war letztes Jahr an einem Samstag und ich war am Nachmittag in der Innenstadt von Mannheim unterwegs, um ein paar Einkäufe zu machen, für die man auch ein bisschen bummeln geht. Es war ein sommerlicher Frühlingstag und irgendwie hatte ich auf irgendetwas Lust. Vielleicht würde ich eine neue Jeans, neue Schuhe kaufen aber auf alle Fälle wollte ich das Shopping und das Flanieren durch die Fußgängerzone genießen.

Am Paradeplatz traf ich Jessica, die Brasilianerin, mit der ich vor circa zwanzig Jahren eine Sex-Beziehung hatte, die allerdings nur drei Monate gedauert hatte. Aber die Art, wie ich Jessy und ihre Schwester Paulina damals kennen gelernt hatte, war so aufregend gewesen, dass ich sie nie im Leben vergessen werde und heute, 2020 die Erlebnisse aus der Erinnerung heraus aufschreiben kann, als wäre alles erst im März dieses Jahres passiert.

Jessica fragte mich, wie es mir gehe und ich fragte sie. Also mir geht es gut, ich bin ja ein spießiger Kaufmann, der seit über 25 Jahren bei der gleichen Firma tätig ist und dank meiner guten Arbeit und der guten Arbeit meiner Gewerkschaft, jährliche Lohnsteigerungen hatte. Nun, so genau erzählte ich es der Jessica nicht, aber sie ahnte es.

Aber sie? Ihr ging es nicht gut.

Jessy war mal wieder pleite. Sagte sie mir einfach so, ganz direkt, ohne sich zu genieren. Gleichzeitig fragte sie, ob ich einen Job für sie wüsste. Bedienung in einer Kneipe oder Putze. Ich würde doch so viele Kneipen und Leute kennen.

Ich fragte sie ob sie Zeit für einen Kaffee hätte. Hatte sie. Am kleinen Kiosk am Paradeplatz kaufte ich zwei Becher Kaffee für je 99 Cent, gab ihr einen. Dann gingen wir zum Brunnen am Paradeplatz und setzten uns auf den Brunnenrand.

Da saßen wir nun, der über 60jährige und die über 50jährige, die vor 20 Jahren ganz heiß aufeinander gewesen waren. Und wir tranken Kaffee für nicht mal einen € aus einem Pappbecher.

Plötzlich fiel mir ein, dass ich vor 20 Jahren genau hier am Brunnen mit Jessys Schwester Paulina gesessen hatte. Alle alten Erinnerungen kamen in mir hoch und ich fragte Jessica:

„Weißt du noch, die Nacht, als wir uns kennenlernten? Wie lange ist das jetzt her?"

„Sehr lange", sagte sie.

Jetzt für Euch, ganz von vorne. Hier ist unsere unvergessliche Geschichte:

Das Abenteuer mit Jessica und Paulina.

Caramba, Caracho, 2 Schwestern

Wie alles begann

Jessica war damals Anfang Dreißig und ich war 44 Jahre alt. Ich glaube, wir hatten ungefähr 10 Jahre Altersunterschied. Zu Hause habe ich altmodische Papierfotos von ihr, auf der Rückseite hat das Fotolabor das Datum aufgedruckt: März 2001.

Wir lernten uns zur Faschingszeit in einer Kneipe kennen. Weil man zu Fasnacht gute Stimmungsmusik braucht, wurden plötzlich heiße Latino-Rhythmen gespielt.

Weil ich im Urlaub schon einmal in Brasilien gewesen war, kam ich durch die Musik so in Stimmung, dass es mich nicht mehr auf dem Barhocker hielt sondern auf die Tanzfläche verschlug. Naja von wegen Tanzfläche. Gemeint ist die Stelle in der Kneipe, wo man ein paar Stühle zur Seite geschoben hatte, damit getanzt werden konnte.

Die Chicas

Wir waren ungefähr sieben oder zehn Leute, die nun zur Musik ausflippten. Zu meiner Freude tanzten da auch zwei sexy Chicas. Chica ist spanisch, heißt Mädchen. Ich schreibe Chicas, denn die „Mädchen" waren eindeutig feurige Latinas und ganz anders als dreißigjährige Deutsche Frauen: Lange, schwarze Haare, lange, schlanke Beine, rassige Gesichtszüge und dermaßen sexy gekleidet, dass eine Deutsche in diesem Alter sich nie gewagt hätte, in solch einem Outfit in eine Kneipe zu gehen: Miniröcke so kurz, dass man manchmal das Unterhöschen sehen konnte, schwarze, hohe Lederstiefel, bauchfreies, knallrotes Top mit Trägern, die so dünn waren, dass man sich wunderte, dass sie beim Tanzen nicht rissen, wenn im Top die Titten hüpften. Dazu auffällig geschminkt, mit pechschwarzen Augen und blutroten, vollen Lippen zu Mündern, die auf eine Weise lachten, wie es nur Chicas aus der Karibik oder Brasilien können.

Wir lernten uns beim Tanzen kennen. Ohne irgendetwas zu reden, flirteten wir mit den Augen, ergriffen unsere Hände, lachten und wir drehten uns umeinander. Es war so schön, es hätte ewig weitergehen können, aber natürlich kann man nicht pausenlos ewig weitertanzen. Da sagte die eine zu mir, dass sie jetzt Durst hätten und etwas trinken wollten.

Spontan sagte ich, dass es eine gute Idee wäre und fragte, ob ich mich zu ihnen setzen dürfte, ich hätte jetzt auch Lust auf ein kaltes Bier. Die Chicas hatten nichts dagegen und ich spendierte eine Runde Bier und wir redeten plötzlich ganz viel und wir tranken noch eine Runde Bier und wir sprachen von Brasilien und vom Karneval in Rio und tranken noch eine Runde und schließlich küssten Jessica und ich uns leidenschaftlich.

Karneval und Sex

Als die Party sich dem Ende neigte fragte ich sie, ob sie Karnevals-Sex mit mir haben wollte, bei mir zu Hause.

Da sagte sie: „Ja ich will, aber wir müssen noch einen Mann finden für meine Schwester."

Ich lachte und sagte: „Na, klar, sie will auch Sex an Karneval. Wir können einen Dreier machen."

„Nein, das machen wir nicht. Wir sind doch Schwestern. Wir machen keinen Sex zusammen."

„Die Kneipe macht gleich zu, sie hat noch keinen Mann gefunden. Da wird sie wohl alleine nach Hause gehen müssen."

„Nein, das geht auch nicht. Ich habe meinem Mann gesagt, dass ich mit meiner Schwester ausgehe. Also muss ich mit ihr zusammen zurückkommen."

„Was? Du bist verheiratet?"

„Ich bin mit einem alten Mann zusammen, der mag kein Karneval. Der ist alleine zu Hause geblieben.

Aber wir sind Brasilianerinnen, verstehst du? Meine Schwester und ich müssen feiern an Karneval. Aber wir müssen zusammen wieder nach Hause kommen. Wenn ich eine Stunde mit dir nach Hause gehe, brauchen wir einen Mann für meine Schwester Paulina, der genau so lange mit ihr verbringt, wie ich mit dir."

„Ich verstehe. Und Paulina will das auch?"

„Ja. Siehst du, sie steht am Tresen und flirtet mit einem Mann. Vielleicht klappt es ja."

„Geh doch bitte mal hin und finde heraus, ob es klappt. Die Kneipe macht bald zu. Die beiden müssten sich jetzt entscheiden."

Jessy stand auf und ging zu Paulina und dem Mann.

Kurz darauf kehrte sie zurück, zuckte mit den Schultern und sagte:

„Der Mann hat leider kein Interesse."

Der schwule Schlappschwanz

Wütend stand ich auf und ging zu Paulina und dem Typ. Er war ein Deutscher, Ende 20 Jahre alt, mit gepflegtem Bart. Er war wenige Jahre jünger als die rassige Paulina und er sah eindeutig spießiger aus als die Brasilianerin.

Ich stellte mich ihm vor und machte meine Ansage:

„Hallo, ich bin mit der Schwester von Paulina zusammen und ich erklär mal ganz kurz worum es geht. Paulina und ihre Schwester müssen gleichzeitig zu Hause ankommen, und deshalb hast du jetzt die einmalige Chance, Paulina mit nach Hause zu nehmen, Sex mit ihr zu machen, und wenn ihr fertig seid, schickst du sie mit dem Taxi an meine Adresse. Dort treffen sich die Schwestern wieder und können zusammen nach Hause. Also, was ist nun. Machen wir das so?

Der Typ sagte: „Nein. Ich nehme sie nicht mit nach Hause.“

„Scheiße, wohnst du noch bei deinen Eltern oder warum kannst du sie nicht mitnehmen?"

„Ich will keinen Sex mit ihr."

„Hey, Mann, was bist du für ein Mann? Schau dir Paulina an! Sie ist eine hübsche Brasilianerin! Wer würde nicht gerne mit ihr Sex machen?"

„Dann soll es ein anderer machen, ich mach es nicht."

„Aber Paulina hat dich angemacht, verdammt nochmal, ich versteh nicht, wie du Nein sagen kannst."

„Ich bin schwul. Ich mach mir nichts aus Frauen."

„Ach du Scheiße. Aber du hast einen Schwanz und bist doch ein Mann! Jetzt sei mal ein bisschen bisexuell und nimm die Paulina mit!"

„Nein, mach ich nicht!"

„Kriegst bei Frauen wohl keinen hoch. Sorry, aber ab sofort seid ihr Schwulen für mich nur noch Schlappschwänze und Memmen, die Angst vor Frauen haben. Ich werde nie wieder Respekt vor einem Typ haben, der schwul und nicht ‚bi' ist. Ihr seid Schwuchteln, aber keine Männer."

„Pass auf, was du sagst, Alter, es reicht! Jetzt hau ab mit deiner Paulina", sagte der von mir beleidigte, stockschwule Homosexuelle vom entfernten Ufer.

Ich schnappte Paulina an der Hand und nahm sie mit an den Tisch zu Jessica. Ich kochte vor Wut.

Wie konnte man keine Lust auf Paulina haben? Selbst Schwule müssten doch Spaß beim Sex mit ihr haben können.

Redaktionelle Anmerkung:
Dass *alle* Schwulen nur Schlappschwänze und Memmen sind, ist eine Aussage, die nur im Rahmen des Wutanfalls gemacht wurde, der ausgelöst wurde durch die einzigartige Situation und soll nur auf die in dieser Story teilnehmende Schwuchtel zutreffen und nicht als Verallgemeinerung aller Homosexuellen gelten. Es sind ja nicht alle so stockschwul.

Der wahre Freund

Paulina sagte: „Dann müssen wir jetzt eben nach Hause gehen. Tut mir leid für dich, Jessica."

„Moment", sagte ich. „Ich ruf meinen Kumpel Klaus an, vielleicht hast du ihn vorhin gesehen. Der ist zwar schon zu Hause, aber vielleicht kannst du mit dem Taxi zu ihm fahren. Er zahlt bestimmt gerne das Taxi, wenn du zu ihm fährst."

„Hast du ein Foto von Klaus?", fragte Paulina.

Ich zog mein Smartphone aus der Tasche und suchte meinen langjährigen Kumpel Klaus bei den Kontakten im Adressbuch des Telefons. Zum Glück fand ich ihn und hatte auch ein Profilbild von ihm. Das zeigte ich Paulina.

„Der ist doch okay, oder?", fragte ich Paulina.

„Ja, ich erkenne ihn, Ich habe ihn vorhin hier im Pub gesehen."

„Stimmt. Leider ist er nach Hause gegangen, ohne dich kennenzulernen. Aber den ruf ich jetzt an."

Es dauerte ziemlich lang, bis Klaus endlich meinen Anruf annahm.

„War gibt's denn? Warum rufst du noch um diese Zeit an?"

„Hey Klaus, wir waren doch beide in dieser Kneipe heute Abend. Erinnerst du dich, dass du mich mit zwei Chicas auf der Tanzfläche und am Tisch sitzen gesehen hast?"

„Ja, warum?"

„Pass auf Klaus, hör gut zu: Ich geh mit Jessica zu mir nach Hause, die Chicas müssen aber gleichzeitig nach Hause kommen. N flotter Dreier mit beiden Schwestern geht nicht, weil die Schwestern keinen Inzest machen wollen. Also braucht die Paulina einen Mann, der Sex mit ihr macht, während ich es mit ihrer Schwester mache. Langer Rede kurzer Sinn: Die Paulina kommt jetzt mit dem Taxi zu dir und macht Sex mit dir. Du musst nur das Taxi zahlen. Nach circa 1 Stunde rufst du ihr ein Taxi und sie fährt damit zu mir, wo ich wieder das Taxi bezahle.

So treffen sich die Schwestern wieder bei mir und fahren gemeinsam nach Hause."

„Du spinnst. Ich hab schon geschlafen. Bin müde, hab keine Lust."

„Klaus! Das kannst du mir nicht antun und das gibt's nur einmal im Leben, so eine Chance! Ein Kumpel ruft dich an und schickt dir eine schöne Brasilianerin mit der du sofort Sex haben kannst, ohne Probleme, ohne Rumgezicke. Klaus, du bist doch ein Mann und keine Memme! Du kriegst jetzt eine Brasilianerin auf dem Silbertablett serviert, einmal in deinem ganzen Leben passiert so was. Und deshalb wirst du sie jetzt nicht ablehnen! Klaus! Sag was!"

„Hmmm. Okay ich mach's. Sie muss aber sofort kommen, nicht erst in einer Stunde."

„Alles klar Klaus. Du bist ein wahrer Freund der mir in der Not hilft und kriegst dafür auch noch Sex. Ich ruf ihr sofort ein Taxi und schick sie zu dir. Wenn du dann mit ihr fertig bist, ruf mich kurz an, damit ich mich anziehen und das Taxi bezahlen kann, wenn sie bei mir ankommt. Okay?"

„Okay. Ich bin gespannt was da jetzt kommt."

„Mann, eine Brasilianerin kommt. Ich hoffe, du kannst sie eine Stunde beschäftigen. Bis dann!"

Jessica und Paulina hatten alles gehört, was ich zu Klaus gesagt hatte.

„Alles mitbekommen? Klaus zahlt das erste Taxi, ich das zweite. Klaus ist ein guter Kumpel von mir, ich kenn ihn schon lange. Ich bin überzeugt, du wirst guten Sex haben, Paulina. Wenn ihr fertig seid, und du wieder im Taxi sitzt, rufst du deine Schwester an. Ich nehme dann ihr Handy sag dem Taxifahrer die Adresse von mir. Ich ruf jetzt das Taxi, das dich zu Klaus bringt, okay?"

„Okay", sagte Paulina und Jessica küsste ihre Schwester und ich bestellte zwei Taxis.

Kurz darauf kam ein Taxifahrer in die Kneipe um Paulina abzuholen, und ich nannte ihm die Adresse von Klaus.

Jessy und ich nahmen das nächste Taxi, das uns zu mir nach Hause brachte.

Samba brutal

Zu Hause in der Wohnung warf ich die Musikanlage an und legte eine CD mit Brasilianischer Musik ein.

Tanze Samba mit mir, Samba Samba die ganze Nacht! Natürlich nicht dieses Lied, aber wir hatten unseren Samba.

Nun, unser Samba wurde zum Caramba Caracho und dieser wurde plötzlich durch das Klingeln von Jessys Handy unterbrochen.

Dabei waren erst ca 50 Minuten vergangen, seit wir uns in der Kneipe getrennt hatten.

„Sie sitzt schon im Taxi und braucht deine Adresse", sagte Jessy und reichte mir ihr Handy.

Ich nahm das Handy und sagte dem Taxifahrer meine Adresse und dass Paulina nochmal anrufen sollte, wenn er vor meiner Tür stände, weil ich dann runterkäme um das Taxi zu bezahlen.

Sofort sagte ich zu Jessy:

„Scheiße, in ca 10 oder 15 Minuten ist Paulina da, aber ich hatte noch keinen Orgasmus."

„Dann vai! Mach mal, aber schnell", sagte Jessy und ich machte Caracho mit Samba brutal...

Ich glaube, so hart und wild ist Jessy schon lange nicht herangenommen worden. Ich stürzte mich auf sie und es war, als würde ich sie vergewaltigen und sie schrie laut vai, vai, vai!. Bestimmt fünf Minuten lang. Weil ich trotz aller Geilheit ein vorsichtiger Mann bin, der darauf achtet, keine Kinder zu zeugen, spritzte ich ihr meinen Höhepunkt über den Bauch statt in ihre Möse. Ich glaube, das war auch im Sinne von Jessica, denn sie wollte bestimmt nicht, dass ihr mein „Creampie" auf der Heimfahrt in den Slip fließen würde.

Kaum fertig, sprang ich aus dem Bett, holte eine Rolle Papierhandtücher aus dem Bad und wir reinigten uns auf die Schnelle. Zum Duschen und Schmusen nach dem Sex hatten wir keine Zeit.

Gut amüsiert

In Windeseile zogen wir uns an. Schon klingelte wieder das Handy von Jessy. Das Taxi mit ihr stand schon vor meiner Haustür.

Jessy und ich fuhren mit dem Aufzug nach unten.

„Sehen wir uns wieder, Jessy, oder war das nur einmaliger Karneval-Sex? Schließlich bist du verheiratet."

„Ich habe einen Mann, aber ich bin nicht mit ihm verheiratet. Ich gebe dir meine Nummer. Aber nicht anrufen, nur Nachricht schreiben."

„Okay, nimm dein Handy, ruf mich schnell an, damit es bei mir klingelt, dann hab ich deine Nummer."

Wegen dieser Telefon-Aktion mussten Paulina und der Taxifahrer kurz warten.

Jessy stieg zu Paulina ins Taxi. Ich fragte den Taxifahrer:

„Was steht bis jetzt auf der Uhr?"

„17 Euro", sagte der Fahrer.

„Also rund 20. Wo müsst ihr hin?", fragte ich Jessy.

„Nach Mannheim-Käfertal"

„Wieviel kostet das ungefähr?", fragte ich den Taxifahrer.

„Kommt auf die Adresse in Käfertal an".

„Ich schätze ca 20 € Ich gebe Ihnen jetzt 50 Euro und Sie bringen die Damen gut nach Hause, okay?", sagte ich zum Taxi-Mann.

„Okay."

„Ciao Jessy, Ciao, Paulina!"

Das Taxi fuhr los und die beiden Schwestern kamen gleichzeitig zu Hause an, zurück von ihrer Faschingsparty.

In Gedanken hörte ich Jessicas Mann fragen: „Und, habt ihr euch gut amüsiert?"

Echt irre, was das Leben einem für Abenteuer bescheren kann.

Alte Männer

Am nächsten Tag rief ich Klaus an und fragte ihn, wie seine Nummer mit Paulina war.

„Die war wie ausgehungert", sagte Klaus. „Ich glaub, sie hatte schon lange keinen Sex mehr gehabt. Sie sagte mir, dass sie bei einem alten Mann wohnen würde, der nicht mehr richtig kann."

„Seltsam. Ihre Schwester erzählte mir auch etwas von ihrem Mann, der keine Lust auf Fasching hatte. Ob die beiden beim gleichen Mann wohnen? Ich werde Jessy mal fragen, wenn ich sie wieder sehe."

Später schickte ich Jessy ein SMS und kurz danach rief sie mich zurück.

Wir verabredeten, dass wir uns wieder sehen würden, sie konnte mir aber keinen Termin nennen. Wenn sie Zeit und Lust hätte, würde sie mich anrufen.

„Brauchen wir dann auch wieder einen Mann für Paulina?", fragte ich.

Lachend verneinte sie. „Nein, das war nur in dieser Nacht so wichtig"

„Nun, dann hoffe ich, dass du bald wieder Zeit und Lust hast."

„Bestimmt bald!", versprach sie.

Und ich glaubte ihr nicht.

Aber sie rief wieder an. Nicht nur einmal, sondern hin und wieder. Die Beziehung mit Jessy und mir, - ich auf Abruf wenn sie Lust hatte -, dauerte ungefähr 3 oder 4 Monate, in dieser Zeit landeten wir circa 10 Mal zusammen im Bett und machten „sacanagem", also Dummheiten und Sauereien.

Dann rief sie nicht mehr an. Irgendwann sah ich sie in neuer Begleitung in einer Kneipe: Sie hatte ihren alten Mann gegen einen jüngeren austauschen können. Lebte nun mit diesem zusammen und wollte ihn nicht mit mir betrügen und riskieren dass er es rausfand. Vielleicht war er zu eifersüchtig, passte auf. Genaue Gründe weiß ich nicht.

Sugar Daddys

In der Zeit unserer „Beziehung" hatte ich folgendes erfahren: Jessica hatte einen Mann, der war schon fast 70 und Rentner, also rund 25 Jahre älter als ich. Mit diesem lebte sie zusammen. Im Gegensatz zu mir wollte der ältere Herr nicht Single und frei sein.

Für ihn kam es gelegen, eine feste Beziehung zu einer jungen Frau zu haben. Es machte ihm nichts aus, dass diese Frau nur deshalb mit ihm zusammen war, weil er ihr „Ernährer" war, praktisch gesagt: Sie wohnte bei ihm, machte den Haushalt, kaufte von seinem Geld Lebensmittel, kochte und hatte Sex mit ihm, wie der wohl auch gewesen sein mag. Vielleicht musste sie ihm nur ab und zu einen blasen oder einen runterholen.

Moderner ausgedrückt: Die beiden führten eine eheähnliche Lebensgemeinschaft, in der nur der Mann ein Einkommen besaß, das aber groß genug war, damit beide davon leben konnten.

Ehen dieser Art sind in unserer Gesellschaft zwar seltener geworden, aber früher waren sie häufig und es gibt sie immer noch: Ehen, die so entstehen, dass die Frau sich in einen Mann verliebt, der ihr materielle Sicherheit und ein sorgenfreies Leben bieten kann. Für beide erfüllt sich der Traum von einer klischeehaften glücklichen Ehe, in der der Mann das Geld nach Hause bringt und sie sich als Hausfrau um die Wohnung und später auch um die Kinder kümmert.

Nun, Jessy stammte aus Brasilien, also aus einem Land in Latein-Amerika, in der die Rollenverteilung noch altmodischer ist, als in Nord-Amerika und West-Europa. Es machte ihr also gar nichts aus, bei diesem älteren Herrn zu leben und ihn ab und zu sexuell zu beglücken. Obwohl sie ihn nicht liebte.

Aber im Gegenzug hatte sie zahlreiche Vorteile: Sie musste sich nicht sorgen, dass sie genug verdiente, um ihre Miete, Strom, Nebenkosten und Nahrung bezahlen zu können.

Bevor sie bei dem Herrn eingezogen war, war ihr Leben von Unsicherheit und Geldnot bestimmt gewesen und der Angst vor dem Monatsende, weil sie es wieder nicht geschafft hatte, mehr einzunehmen, als das Leben sie kostete. Sie war nämlich nur Gelegenheitsarbeiterin, jobbte mal als Bedienung, mal als Putze, bei diesem oder jenem Leasingunternehmen, öfter arbeitslos als in Beschäftigung. Ohne je wirklich eine eigene Wohnung gehabt zu haben, hatte sie immer einen Mann gefunden, der sich in sie verliebte und bei dem sie eine Weile wohnte. Bis die Beziehung wieder endete. Dann musste sie ganz schnell wieder einen „Sugar Daddy" finden, bei dem sie wohnen konnte. Sehr wählerisch konnte sie dabei nicht sein.

Ihre Schwester Paulina schien sich ähnlich durchs Leben zu schlagen, aber nicht mit älteren Sugar Daddys, sondern Männern in ihrem Alter.

Paulina in Not

Ungefähr ein halbes Jahr nach dem ich die Schwestern Jessy und Paulina kennengelernt hatte, klingelte eines schönen Tages mein Handy und Paulina war am Apparat.

„Hallo, hier ist Paulina. Ich bin die Schwester von Jessica. Erinnerst du dich an mich?"

„Hey, Paulina, na klar erinnere ich mich! Wie geht's dir und wie geht's Jessy?"

„Jessy geht's ganz gut. Sie hat einen guten Mann gefunden. Aber ich habe gerade ein großes Problem."

„Oh je, was denn?"

„Ich brauche ganz dringend 100 €, die ich morgen jemand zahlen muss, sonst bringt er mich um. Kannst du mir bitte die 100 € leihen? Ich zahl sie dir auch bald wieder zurück."

„Kannst du nicht die Jessica oder jemand anderen fragen? Ich kenn dich doch gar nicht, wir haben uns nur einmal beim Karneval gesehen."

„Jessica kann mir nicht helfen, die hat das Geld auch nicht und ihr Mann hat gesagt, er zahlt nicht für meine Probleme. Sie hat mir deine Nummer gegeben. Bitte, bitte, ich brauch das Geld ganz dringend. Du bist der einzige den wir kennen, der keine Probleme mit Geld hat. Bitte, bitte, ich flehe dich an."

„Okay, hör zu. Ich bin noch am Arbeitsplatz, könnte aber früher Feierabend machen. Können wir uns um 17 Uhr treffen?"

„17 Uhr ist gut. Wo?"

„Am Paradeplatz Mannheim, beim Brunnen."

„Okay, ich komme."

Sie war pünktlich dort und fragte mich sofort nach dem Geld.

„Ich komme gerade von der Arbeit. So viel Geld habe ich nicht dabei. Du musst mit mir in meine Wohnung kommen. Du erinnerst dich vielleicht. Ich wohne nicht weit weg von hier."

„Ich will nicht mit dir in die Wohnung kommen. Ich will nur die 100 Euro haben."

„Setz dich mal hier auf den Brunnenrand, wir müssen reden."

„Was müssen wir denn reden? Hast du die 100 Euro oder nicht?"

„Das kannst du gleich selbst entscheiden. Also. Du brauchst ganz dringend 100 Euro und der Typ, dem du das Geld schuldest, der vertraut dir nicht und gibt dir keine weitere Zeit mehr. Du hast gesagt, er bringt dich um, wenn du ihm morgen nicht das Geld gibst, richtig?" (Ich glaubte ihr das natürlich nicht.)

„Ja, so ist es."

„Du hast große Geldprobleme aber wenn ich dir Geld gebe, hast du immer noch Geldprobleme. Weil du mir das Geld zurückzahlen musst. Wäre es nicht schön, wenn ich dir die 100 € schenke? Und du bist mir dafür so dankbar, dass du mit mir ins Bett gehst? Was hältst du von dem Vorschlag?"

„Ich bin doch keine Puta, die Sex für Geld macht."

„Das weiß ich. Ich wäre auch nie auf die Idee gekommen, dich anzurufen und zu fragen: Hey, Paulina, machst du Sex mit mir? Ich gebe dir 100 € für Sex. Also: Ich schenk dir 100 € damit du keine Probleme mehr hast. Das Geld ist nicht für Sex. Du schenkst mir den Sex. Dann ist dein Geldproblem gelöst und ich freu mich über dein Geschenk."

„Hmm. Okay. Aber damit du das kapierst. Ich bin KEINE Hure, die Sex für Geld macht."

„Genau. Du machst den Sex mit mir, weil wir Freunde sind. Das nennt man ‚Freundschaft plus', also Freundschaft mit Benefit, mit Vorteilen."

„Okay. Gehen wir in deine Wohnung".

In der Wohnung nahmen wir auf den Barhockern an meiner Hausbar Platz. Ich bot ihr einen Drink an und plaudernd erinnerte ich sie an unser Faschingsabenteuer.

„Weißt du noch, wie ich zu dem Schwulen gesagt habe, dass er ein Schlappschwanz ist?"

Paulina lachte. „Ja, das war geil wie du ihn fertig gemacht hast. Dass er Angst vor Frauen hat, haha."

„Und Klaus, mein Kumpel, war der gut im Bett?"

„Ja, war ganz okay."

„Untertreib mal nicht. Klaus hat mir gesagt du warst super."

„Hey, ich wird ja ganz rot."

„Du wirst gleich noch röter", sagte ich, holte meinen Schwanz heraus und drückte ihn in ihre Hand.

„Caramba", sagte sie. „Das ist kein Schlappschwanz."

Die Samba und das Rodeo mit Paulina begann.

Abgebrühter als ich

Nach dem Sex, beim Anziehen, gab ich ihr das Geld und fragte sie:

„Weiß Jessica, dass du mich wegen Geld angerufen hast?"

„Ja, als ich sie anpumpen wollte und sie kein Geld für mich hatte, da hat sie vorgeschlagen, dass ich dich anrufen sollte. Sie hat mir auch deine Telefonnummer gegeben. Sie scheint dich sehr gut zu kennen."

„Wie meinst du das, sie kennt mich gut?"

„Sie hat mir gesagt, dass du mir die 100 € vielleicht sogar schenkst, wenn ich Sex mit dir mache."

Ich fing an laut zu lachen.

„Nee echt? Ich glaub 's nicht!"

Paulina fuhr fort: „Doch. Echt. Ich verrate dir sogar noch etwas. Jessica hat gesagt: Wenn er dir das Geld nicht schenkt und dir nichts leihen will, dann biete ihm an, Sex mit dir zu machen.

Spätestens wenn du ihm Sex anbietest, wird er dir das Geld leihen. Und wenn du es nicht zurückzahlen kannst, dann biete ihm nochmal Sex an. Er ist ein geiler Bock, der nicht Nein sagen kann, wenn er Sex angeboten bekommt."

„Ach du heilige Scheiße, du hast den Sex schon eingeplant? Und ich hätte zweimal Sex haben können, wenn ich mit dem Geld geiziger gewesen wäre."

„Ja. Das war Plan A und Plan B. Sorry. Aber merk dir: Ich bin keine Hure. Wenn ich mal wieder Geld brauche, besorg ich mir das wieder anders."

Dann lachten wir beide wie zwei alte Freunde, die ein neues Abenteuer zusammen erlebt haben.

Zum Abschied an der Tür sagte ich:

„Wenn du mal wieder Probleme hast, ruf mich an. Freunde müssen füreinander da sein."

„Danke", sagte sie und ging aus meinem Leben.

Ich sah sie nie wieder.

Reflektionen

Seit ich die beiden Schwestern kennengelernt hatte, war ich scharf auf sie. Auf sie beide. Der Dreier mit Jessy und Paulina war leider unmöglich. Ich war froh, dass die Sache mit Jessica lief.

Klaus hatte am Faschingsabend durch die irren Umstände das Glück gehabt, Sex mit Paulina haben zu können. Jetzt hatte auch ich Paulina gehabt. Wieder durch seltsame Umstände.

Manchmal können Träume wahr werden. Man muss sich nur vom Schicksal treiben lassen, die Zaunpfähle sehen, die da winken und man muss manchmal vom geraden Weg abgehen. Nur so gelangt man zu neuen Abenteuern, die dem Leben eine außergewöhnliche Würze geben.

Was mit Jessica und Paulina war, ist so unvergesslich dass diese Erlebnisse des Jahres 2001 noch heute so lebhaft in meiner Erinnerung sind, dass ich sie 19 Jahre später, am 8. März 2020 für dieses Buch aufschreiben konnte.

Bewerbung am Brunnenrand

Fast 20 Jahre später saß ich nun mit der inzwischen alt gewordenen Jessica auf dem Rand des Brunnens am Paradeplatz und trank Kaffee aus dem Pappbecher mit ihr.

Jessica hatte zwar noch immer die schlanke Figur wie früher, aber die Haare waren nicht mehr so lang, die Frisur war nicht schön, das Gesicht war fahl und ungeschminkt. Am Schlimmsten war: Wenn sie redete und lächelte, konnte man eine hässliche Zahnlücke sehen. Schön sieht anders aus.

Sie erzählte mir, dass sie wieder bei einem Mann lebte, aber er war kein wohlhabender, älterer Herr, sondern ein Mann, der 20 Jahre jünger war als sie. Leider lebte er von Sozialhilfe, also Harz 4 und deshalb war er, wie sie selbst, immer in Geldnot. Aber immerhin zahlte das Amt die Wohnung, die sie sich teilten.

Dann fragte sie mich:

„Willst du keine Frau haben? Ich könnte für dich Kochen, Putzen, Sex mit dir machen. Du musst mich nicht heiraten. Du musst mir nicht treu sein, ich weiß, dass ich alt geworden bin. Du darfst auch andere, jüngere Frauen haben."

In meinen Gedanken fragte ich mich, ob all die alten Ehemänner im gesitteten Westeuropa oder der ultramoralischen USA jemals solch ein tolles Angebot von ihren alten Ehefrauen bekommen hatten. Fremdgehen dürfen. Ohne Stress mit der Alten zu kriegen. Bestimmt keiner. Oder nur ganz wenige. Ich alter, geiler Bock bekam nun so ein tolles Angebot. Aber ich lehnte es ab:

„Jessica. Danke für das Angebot, aber weißt du, ich lebe lieber alleine in meiner Wohnung. Tut mir leid, du musst bei deinem Harzer bleiben."

„Wer putzt eigentlich deine Wohnung?", fragte sie.

„Das mach ich selber. Das dauert doch nicht lange. Kurz die Küche und das Bad sauber machen, dann schnell mal mit dem feuchten Lappen übers Laminat im Wohnzimmer und Fernsehapparat abstauben. Fertig. Also nee, eine Putzfrau brauch ich nicht."

„Und Waschen und Hemden bügeln?"

„Unterwäsche und Jeans kommen in die Waschmaschine, und werden nur getrocknet, nicht gebügelt. Die Oberhemden, die ich im Büro trage, die bring ich in die Reinigung und hole sie gebügelt wieder ab. Kostet nicht viel, spart mir die Bügelarbeit."

„Du bist wirklich ein eingefleischter Single. Aber ich brauch dringend ein bisschen Geld. Ich könnte dir doch das Bad und die Küche und die Wohnung putzen, so zwei oder drei Stunden Arbeit, für 10 Euro die Stunde. Jetzt sei doch mal ein bisschen faul und nicht so geizig. Lass mich für dich Putzen."

Deja Vu

Irgendwie erinnerte mich die Situation plötzlich an die Verhandlung mit Paulina, die vor zwanzig Jahren an diesem Brunnen stattgefunden hatte. Paulina brauchte damals dringend Geld. Gleiche Stelle, gleiches Problem, aber andere Schwester. Wie war das damals genau gewesen?

Ich erinnerte mich und gab Jessica die Gelegenheit, sich auch zu erinnern.

„Jessica, vor zwanzig Jahren hatte deine Schwester Paulina mal ein großes Geldproblem und du konntest ihr nicht aushelfen. Du hattest deiner Schwester dann gesagt, sie soll mich anrufen. Erinnerst du dich wieder?"

„Moment, Moment. Da war etwas, ich versuche mich zu erinnern. Hat sie dich dann angerufen und um Geld gefragt?"

„Ja. Sie hat angerufen und wir haben uns hier getroffen. Genau hier auf dem Brunnenrand habe ich mit deiner Schwester gesessen und über ihr Geldproblem geredet. Sie hatte damals einen Plan A, mich einfach anzupumpen und einen Plan B, falls ich ihr nichts leihen würde."

„Und dann? Hast du ihr das Geld gegeben?"

„Wir haben Plan B gemacht."

„Sorry, ich steh gerade auf dem Schlauch. Was war Plan B?"

„Ich habe ihr das Geld geschenkt und sie hat Sex mit mir gemacht. Hat sie dir das nicht erzählt?"

„Conjo caralho! Jetzt fällt es mir wieder ein."

„Und? Hast du auch einen Plan B wie du an den Putzjob bei mir kommen könntest?"

„Du alter, geiler Bock. Du hast dich nicht geändert. Immer Schweinereien im Kopf. Aber ich bin keine Puta, die Sex für Geld macht."

„Weiß ich doch. Ich hab dir nie Geld für Sex gegeben. Den Sex haben wir gemacht, weil wir Spaß daran hatten. Meinst du, du könntest mal wieder Spaß daran haben, mit mir eine Porcaria zu machen?"

„Ja, aber nur wenn du mir Geld fürs Putzen gibst. Für den Sex will ich kein Geld. Ich mach keinen Sex für Geld."

Ich lachte: „Das ist ja wie eine Erpressung. Ich mach nur Sex mit dir, wenn du mir den Job gibst, sagst du."

„Ja. Anders kann man bei dir geilem Bock ja keinen Job bekommen."

„Moment. Du hast aber auch gesagt, dass du den Sex aus Spaß mit mir machst, nicht für Geld und nicht für den Job."

„Ja. Machen wir. Wir trennen Arbeit und Sex."

„Nun, auf alle Fälle musst du Arbeiten, um Geld zu bekommen. Für Sex bekommst du kein Geld. Aber während deiner Arbeit können wir Sex aus Spaß machen."

„Wie meinst du das? Sex bei der Arbeit?"

„Nun, zum Beispiel spülst du in der Küche das Geschirr, nackt, und währenddessen vögle ich dich von hinten. Für die Küchenarbeit bekommst du Geld und das Bumsen machen wir aus Spaß."

44

„Conjo caralho, was für eine putaria! Du geiler versauter, alter Bock!"

„Ja, bin ich. Und beim Gedanken daran, werde ich jetzt schon geil."

„Ha, ha! Das ist, was ich an dir liebe. Vai, gehen wir. Facem uma sacanagem. Machen wir eine Sauerei."

Wir tranken die Kaffeebecher leer, warfen sie in den Mülleimer und gingen in meine Wohnung, die nur fünf Minuten Fußweg entfernt ist vom Paradeplatz.

Auf dem Weg zur Wohnung lutschte ich ein blaues Bonbon. Bin ja auch nicht mehr der Jüngste.

Das French Maid

Zu Hause angekommen kramte ich aus dem Schrank ein Zimmermädchen-Kostüm hervor. Außer einem alten, geilen Bock, bin ich manchmal ein Kostümfetischist, der gerne Rollenspiele spielt.

„Was ist das?", fragte Jessica.

„Deine Arbeitsklamotten. Ein Kostüm für die Haushälterin der gehobenen französischen Gesellschaft. Man nennt diese Haushaltshilfen daher Frenchmaids und sie mussten schwarz-weiße Kostüme anziehen. Sieht sehr schön und sexy aus. Bitte anziehen."

Sie zog es an, putzte hier und putzte da und ich störte sie ständig bei der Arbeit und fickte sie dabei. Eine in die Tat umgesetzte sexuelle Fantasie, wie ich sie ihr angekündigt hatte. Und es war eindeutig:

Ihr machte es auch Spaß.

Caramba und Caracho

Plötzlich klingelte ihr Handy.

„Moment bitte", sagte sie zu mir und ich zog meinen Schwanz aus ihr heraus.

„Ich bin in der Stadt, hab eine Freundin getroffen", sagte sie ins Telefon.

Dann hörte ich, wie sie sagte:

„Nein, das geht nicht, aber ich kann in ca. 20 Minuten am Paradeplatz sein."

Und zu mir:

„Ich muss jetzt gehen. Mein Freund ist in der Stadt und sucht mich."

„Was ist das für eine Scheiße? Du bist noch nicht mit der Arbeit fertig und ich nicht mit dem Sex!"

„Vai, dann mach mal, aber schnell!", sagte sie und hob den Rock vom Kostüm hoch.

Ich schmiss sie aufs Bett und wir hatten ein Deja Vu wie vor 20 Jahren:

Ich glaube, so hart und wild ist Jessy seit damals nicht herangenommen worden. Ich stürzte mich auf sie und es war, als würde ich sie vergewaltigen und sie schrie laut vai, vai, vai!. Bestimmt fünf Minuten lang. Vai, vai, vai!, Komm, komm, komm!

Normalerweise spritze ich den Mädels auf den Bauch um keine Kinder zu zeugen, und weil es geil aussieht. Diesmal besudelte ich beim Höhepunkt das schwarze French-Maid-Kostüm mit meinem weißen Sperma statt in ihrer Möse zu ejakulieren. Ich glaube, das war auch im Sinne von Jessica, denn sie wollte bestimmt nicht, dass ihr mein „Creampie" in den Slip fließen würde.

Kaum fertig, sprang ich aus dem Bett, holte eine Rolle Papierhandtücher aus dem Bad und reinigte mich. Sie musste nur das Kostüm ausziehen und wieder in ihre eigenen Klamotten rein.

Caramba, es war Caracho mit Samba brutal, wie vor zwanzig Jahren.

Sie hetzte zur Tür. Zum Paradeplatz wären es nur noch 5 Minuten Fußweg. Plötzlich fiel ihr ein, dass sie noch nicht für ihre Arbeit bezahlt worden war.

„Hey, mein Geld", rief sie.

„Wie lange warst du da? Nicht einmal eine Stunde! Normalerweise ist dein Stundenlohn fürs Putzen 10 Euro!"

„Caramba! Gib mir die zehn!" fluchte sie.

„Hier hast du zwanzig, also nochmal 10 Euro Trinkgeld, weil du so schön geputzt hast. Und wenn du willst, darfst du morgen Nachmittag wieder kommen und weiterputzen, " sagte ich grinsend.

„Darf ich jetzt regelmäßig zum Putzen kommen?"

„Ja. Falls dir die Arbeit und die Schweinerei Spaß gemacht haben, darfst du gerne wieder kommen."

„Du geiler Bock. Gibt's wieder Trinkgeld?"

„Für gute Arbeit gibt's immer Trinkgeld."

„Okay, ich komme wieder. Aber ich bin keine Puta!"

„Weiß ich. Du kommst wieder, weil es dir Spaß mit mir gemacht hat!"

„Nur deshalb! Putaria! Caramba, ich brauch deine Telefonnummer, ich hab sie nicht mehr."

„Okay, nimm dein Handy, ruf mich schnell an, damit es bei mir klingelt, dann hab ich deine Nummer und du hast meine."

"Aber nicht anrufen, nur Nachrichten schreiben."

Wegen dieser Telefon-Aktion musste ihr Freund bestimmt 2 Minuten länger am Paradeplatz warten.

Die Welt hatte sich 20 mal um die Sonne gedreht aber nichts hat sich geändert. Außer, dass es jetzt blaue Bonbons für Männer gibt.

Siggi.selector@online.de
#Instagram -> Facebook <- @Twitter

Mehr Bücher von Siggi Selector

Hasenjagd im Singlemarkt
Liebe endet mit Liebeskummer, Sex mit Orgasmus

Die Schöne war das Biest. Rollenspiel mit bösem Ende.
The Beauty was the Beast. Pickup Game with Bad End.

Viel Sex für wenig Geld. Das erste Mail im Puff.

Sex oder Salsa. Warum tanzen, wenn du Sex willst?

Lustlauf durchs Laufhaus. Alle Treppen führen zum Glück.

Traumfrauen im Lotterbett.

Sex mit der Sexbombe. Besser als im falschen Pornofilm.

Gruppensex im Lotterbett. Flotte Dreier mit dem Freier.

Zwanzig geile Minuten.

Spiel mit der Sklavin. Kleine Klapse auf den sexy Po.

Vier Nächte im Rotlicht. Höllenglocken klingen geiler...

Sex und Überraschung, Sex and Surprise. Bilingual.

Sex oder Kultur. Suff und Puff in Songs und Literatur

Drei Influencerinnen und ein magischer Ring. Bilingual.

Zwei Schwestern und ein Notfall. Caramba, ein Samba.

Weitere Bücher sind bereits in Arbeit.

Siggi.selector@online.de